nos
labirintos
de Borges

Editora Melhoramentos

Nos labirintos de Borges: contos inspirados em Jorge Luís Borges/ organizado por Luiz Antonio Aguiar e Veio Libri; ilustrações de Salmo Dansa. São Paulo: Editora Melhoramentos, 2014.

Contém contos de diversos autores.
ISBN 978-85-06-07668-2

1. Contos - Literatura. 2. Literatura argentina. 3. Jorge Luís Borges. I. Aguiar, Luiz Antonio. II. Dansa, Salmo.

14/085   CDD 808.3

Índices para catálogo sistemático:
1. Contos – Literatura   808.3
2. Literatura argentina   860A
3. Literatura brasileira – Contos   869.3B

Obra conforme o Acordo Ortográfico da Língua Portuguesa

© 2014 João Anzanello Carrascoza, Leo Cunha, Luiz Antonio Aguiar e José Eduardo Agualusa. By arrangement with Literarische Agentur Mertin Inh. Nicole Witt e.K., Frankfurt, Germany.

© 2014 Ilustrações de Salmo Dansa

Organizador: Luiz Antonio Aguiar/Veio Libri
Fotografias: Ricardo Pimentel
Projeto gráfico e diagramação: Amarelinha Design Gráfico

Direitos de publicação:
© 2014 Editora Melhoramentos Ltda.

1.ª edição, 4.ª impressão, fevereiro de 2022
ISBN: 978-85-06-07668-2

Atendimento ao consumidor:
Caixa Postal 729 – CEP 01031-970
São Paulo – SP – Brasil
Tel.: (11) 3874-0880
www.editoramelhoramentos.com.br
sac@melhoramentos.com.br

Impresso no Brasil

Ilustrações de Salmo Dansa
Organização e textos suplementares de Veio Libri

nos labirintos de Borges

Contos inspirados em Jorge Luís Borges

João Anzanello Carrascoza
José Eduardo Agualusa
Leo Cunha
Luiz Antonio Aguiar

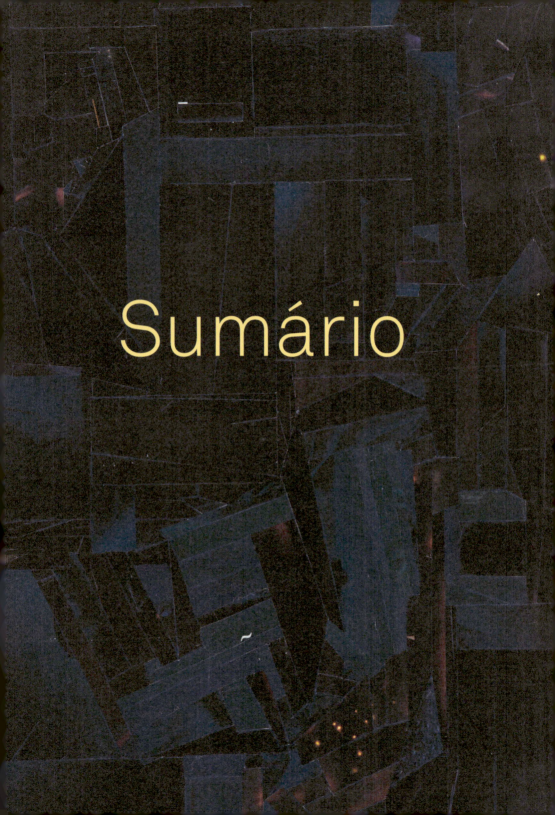

Sumário

6 Apresentação:
Borgianas e Borgianos
Luiz Antonio Aguiar

Aproximação a Borges **14**
João Anzanello Carrascoza

26 **A sombra da mangueira**
José Eduardo Agualusa

Booooooorges **50**
Leo Cunha

68 **A biblioteca infinita**
Luiz Antonio Aguiar

**Furor de Borges –
Breve notícia
biográfica** **96**

100 Sugestões de temas para
aprofundamento, pesquisa
e discussão

Apresentação

Borgianas e Borgianos

O café
Extinção das epidemias

O e escritor argentino Jorge Luís Borges nasceu em Buenos Aires, em 24 de agosto de 1899, e morreu em 1986. É constantemente definido como contista, poeta e ensaísta – devido aos gêneros a que se dedicou. E por muitos é tido, em primeiro lugar, como um leitor excepcional – apesar de ter herdado uma deficiência visual do pai, que minou sua vista aos poucos, até deixá-lo completamente cego aos 55 anos.

Foi um dos autores mais influentes do século XX, pelo impacto que sua obra intrigante, tão vívida e intensamente impregnada dos sortilégios da literatura, exerceu sobre outros escritores do mundo inteiro, principalmente no Ocidente. Quem, sendo escritor, ou mesmo aficionado da literatura, pode deixar de adorar Borges?

A ideia de destacar a importância de Borges para a literatura e homenageá-lo num volume de contos *inspirados* na mítica do autor e na sua obra veio de Leo Cunha. Ocorreu apenas de eu estar ao seu lado na hora e de ele me passar a bola para organizar a coletânea. O que levou à ideia? O fato de estarmos em uma reunião de escritores, de nosso grupo ter saído para o terraço do prédio, de todos termos nos debruçado na murada, a cerca de 120 metros de altura, e nesse ato confessarmos, um ao outro, certo grau de vertigem – o misto de fascinação e terror que sentíamos, uma verdadeira agonia, ao olhar de lá de cima para a rua, embaixo... o medo de *nos atirarmos*, nos entregando, nos rendendo a sabe-se lá que força íntima... E de termos, então, emendado esse assunto a uma conversa sobre nossa paixão por Borges.

Esse episódio trouxe ao Leo a lembrança de que Borges, tão presente em nós, é praticamente desconhecido dos jovens leitores brasileiros. "Que tal cada um sair daqui e escrever um conto *borgiano*?"... Todos, por amor a Borges e por conta da vertigem que a proposta causou, aceitaram no ato. O resto foi consequência.

Ou talvez a história pregressa do livro não tenha sido exatamente essa. Talvez não tenha sido tão encantada assim a reunião desses autores em torno dessa proposta. Mas já aí entramos numa manobra tipicamente borgiana de dar à luz literatura falseando convictamente a realidade. Trata-se sempre de ilusionismo. Do esforço para ver (e entender) em perspectiva, cada qual do seu ponto de vista, opondo-se ao comodismo da verdade (única). E talvez por isso se tema tanto libertar a literatura de qualquer cerceamento.

A obra de Borges, em si, é uma afirmação da autonomia da criação literária.

Basta ver que há mais de um Borges. Há o escritor, ou seja, a pessoa, e há o Borges modelado em personagem de alguns de seus contos. Qual será o mais *real*?

Mas — se é que o leitor, depois do que foi confessado, pode a partir daqui confiar em qualquer coisa que esteja escrita nesta apresentação... ou mesmo mais adiante, seja onde for... — fato é que esse anseio por Borges estava em todos nós. Assim como esteve no bibliotecário cego de *O Nome da Rosa*, de Umberto Eco, o monge Jorge. Assim como passeia por vários contos e romances em que se trame desequilibrar nosso senso comum em relação à passagem do tempo. Em que o tema seja a eternidade, o infinito, os labirintos, as bibliotecas, *D. Quixote*, *As 1001 Noites*, os lugares mágicos, a cegueira que revela o mais profundo, os *alephs* — como no conto de Borges com esse título, um ponto no qual estariam compilados todos os pontos do Universo. Assim, ainda, quando se criam, com deliberação cínica, verossímeis biografias e bibliografias, autores, personagens e livros, bibliotecas inteiras, tiradas do nada, e que nada são diante da concretude cotidiana; mas que são tudo o que é a literatura.

Os contos aqui reunidos partem do que mais impressiona cada um desses escritores, entre os muitos caprichos (literários) de Jorge Luís Borges. Tudo para enredar você, leitor, a esse autor, que, creio, não escreveu para desvendar o mundo, mas para nos transmitir quanto se deixava seduzir por seus enigmas e mistérios.

Luiz Antonio Aguiar

P.S.: este volume ficaria privado de feições sem as ilustrações de Salmo Dansa. Quando ele recebeu a ideia e o convite para ilustrá-lo, tudo o que lhe dissemos foi que precisávamos de uma arte *enviesada* para dialogar com os contos. O resultado é o que você vai ver no corpo deste livro.

Salmo Dansa

Sou carioca, mestre e doutorando em design. Trabalhei com diversos meios e desde 1992 passei a me dedicar à ilustração de livros para crianças e jovens. Já ilustrei mais de 80 livros, especializando-me nos contos clássicos. Minhas ilustrações integraram exposições na Colômbia, no Brasil, na Eslováquia, na Alemanha e na Itália. Em 2008, recebi uma bolsa de pesquisa sobre livros de imagem na Biblioteca de Munique.

João Anzanello Carrascoza

Aproximação a Borges

Um dia, quando eu era estudante de comunicação social, caiu-me nas mãos *O Livro dos Sonhos*. Foi meu primeiro alumbramento com a obra de Borges. Daqueles sonhos, pulei para *O Aleph* e, em seguida, para *O Livro dos Seres Imaginários*, ou para *O Informe de Brodie*, já não me lembro bem. Também não importa se depois fui dar com *As Kennigar*, a rosa de Coleridge ou os adeptos da seita da Fênix, ou se me perdi nas páginas da *História da Eternidade*. A ficção de Borges é um labirinto, que, às cegas, eu sigo palmilhando. No vão entre as suas narrativas continua o nosso encontro.

Edmond Menard nasceu numa família que remonta a copistas e literatos medievais. De Pierre Menard, autor do *Quixote*, um de seus ascendentes mais nobres, herdou, certamente por esses mistérios do sangue, o talento para traduzir e compor novas versões de clássicos. Admirador de Jorge Luís Borges, Edmond tentou, por três vezes, aproximar-se do universo temático e estilístico do escritor argentino. Na primeira delas, produziu uma pequena ficção intitulada "O verbo"; nela comenta o episódio, narrado por Borges em *Artifícios*, no qual Noé devora um casal de pássaros – o que resultaria no surgimento das palavras "ferida" e "lenitivo" da linguagem humana. Na segunda, "O guardião", mimetiza o tema do protetor e do protegido, tão caro a Borges, apresentando, no entanto, uma estrutura nitidamente contaminada pela de "As ruínas circulares". Na terceira, a história se refere ao cego Tirésias; em anotação à margem de seu próprio manuscrito, Edmond reconhece um certo influxo de "Três versões de Judas". Se se saiu bem em cada uma das tentativas, como seu remoto ancestral Pierre Menard com seu *Quixote*, só ao leitor cabe julgar.

O verbo

Em "O verbo", inserido na segunda edição de sua obra *Artifícios*, de 1944, depois do último conto, "O sul", Jorge Luís Borges conta que, em meio ao dilúvio universal, a arca de Noé foi inundada pela fome.

Nesse dia ou nessa noite (não se via Sol nem Lua e nada se definia no temporal das horas), Noé se atirou como louco à bebida. E, depois, chorou horas a fio de remorso.

Sem outra escolha, e quase naufragando na insanidade, o patriarca foi obrigado a devorar um casal de pássaros para sobreviver e salvar todas as outras criaturas.

Os pássaros sacrificados eram os mais leves da Terra. Possuíam coração de luz, asas diáfanas e escreviam histórias no ar com seu delicado voo.

Borges, todavia, não mencionou a congestão que mais tarde vitimou Noé. Não revelou que os fragmentos desses esplêndidos animais foram cuspidos pelo patriarca. E se transformaram, inexplicavelmente, nas mais tristes palavras da humanidade.

Guardião

Eu acabo de te ouvir esta manhã, ao fazer a tua prece de agradecimento e o teu pedido, eu diria melhor a tua esperança, de que alguns de teus desejos se realizem em breve, e assim tem sido desde a primeira manhã em que entrei na tua vida, a nossa primeira manhã, tu te instalando nesse mundo aí fora e eu no teu mundo aqui dentro; eu acabo de te ouvir e não sei bem o que dizer, até porque tudo o que eu digo é por meio de tua própria consciência, a minha voz só é perceptível no silêncio, embora eu saiba que a tua pele, eriçada, sente a minha presença, quando eu nada tenho a dizer senão nela me espraiar, como uma onda, ou, mesmo, o que mais te agrada, na forma de outra pele que a reinventa; eu acabo de ouvir a tua oração de aniversário, nós dois chegamos aos cinquenta, embora se possa cogitar que seja outra a minha idade, eu teria vindo de eras imemoriais, e apenas neste trecho da minha jornada as nossas existências coincidiram, o que vives também eu vivo, cada prova tua também foi minha, eu passei igualmente pelas mesmas privações tuas, estou contigo instante a instante, ouvi tudo o que pensaste sobre os acontecimentos, quando eles se deram, eu reconheço em mim mesmo todos os pontos de teu corpo que doem, sulco a sulco que ganhaste no caminho, e, claro, eu sempre tentei cumprir a minha sina, guardando o teu coração sob a camisa, evitando expor ao sol a tua noite íntima, eu sei o teu histórico inteiro de faltas e também o de teus atos puros, a quem beneficiaram, mais até do que imaginas, eu procurei sempre te mostrar onde o norte nasce nos dias de conflito, eu me deitei sobre aquele abismo — tu bem sabes ao qual me refiro! —, pra que, pisando sobre meu ser invisível,

tu conseguisses agarrar-te à outra margem; tu não precisas justificar pra mim nada do que tenhas feito, de lícito ou ilícito, eu estive contigo em todos os teus momentos, os sublimes, que nem sempre tu te lembras de me agradecer, não porque tenham sido fruto de minha exclusiva intervenção, mas porque a partilha torna o júbilo maior, e as ocasiões penosas, que te fazem recordares de mim, nem sempre pra pedir a minha proteção, mas, não raro, pra vociferar que não existo, ou onde estou que não te ajudo quando mais necessitas de mim, eu estou aqui contigo, neste agora-agora, e também no agora-seguinte, e não como membrana colada à tua consciência, eu sou a própria linhagem que lhe configura a trama; eu me vejo quando tu te miras no espelho com todos os teus minutos vividos em teu (meu) rosto, e, já que sofri as mesmas perdas e experimentei os mesmos unguentos, e como salivei iguais venenos e os diferentes antídotos, eu sei tanto de ti que me esqueci de laborar por mim, ainda que em teu benefício, eu nem sinto mais o peso do meu corpo, eu estou tão leve, eu acabo de orar e ouço agora uma voz, talvez seja a minha própria voz, dizendo-me que eu não posso me proteger de mim mesmo, eu acabo de ouvir uma prece de agradecimento, um pedido, eu diria melhor uma esperança, de que alguns desejos se realizem em breve, e pode ser que assim seja daqui pra frente, esta é a primeira manhã de um novo ciclo, parece que minhas asas ganharam a forma e o comprimento de braços, e, de repente, me dou conta de que não sou eu que te protege, eu, o teu anjo trono, eu entrei pela tua narina quando sorvestes, pela primeira vez, o ar da vida, eu, o guardião de teus segredos, sabedor de todos os teus enganos, eu, agora, tenho certeza que és tu – sou eu? – quem, com tua fé em mim, protege a minha existência, és tu, com a tua confiança, que não me deixas morrer – mesmo porque com estas pernas que eu mal sinto, estranhos ganchos que me saem da cintura e precisam da terra pra se apoiar, eu não consigo me mover como antes, transito por um outro elemento –, são minhas estas palavras?, eu nem havia percebido que sou eu mesmo quem te agradece, eu, teu humano protetor, eu, teu anjo protegido.

Tirésias

Arrasto os pés por estas terras calcinadas. No pó vulcânico, deixo as marcas de meu destino. Cego por um castigo de Júpiter, vivo à deriva, enfrentando as certezas do futuro. Apodreço lentamente nesse tempo de horas retilíneas. Exilado no breu, palmilho imensuráveis distâncias. Meu itinerário nunca se finda, vou de ilha em ilha, velando a sorte desse arquipélago. Em troca de comida, ofereço a exatidão de minhas profecias. Boiando no caldo da escuridão, o tempo para os meus olhos não se divide. A eternidade se movimenta em minha cegueira. Aberto para um universo paralelo, embriago-me com o horror e a poesia de eras ulteriores. Morto para este tempo, vejo a vida do próximo. Vejo a jovem Medeia escutar o uivo primitivo do mal e se iniciar nos dons da feitiçaria. Vejo-a, anos depois, degolar os filhos e ascender num dragão aos céus da Cólquida. Vejo toda a sua história e a de Édipo, que igualmente conheceu a densidade das trevas. Vejo a história de Hércules, Aquiles, Teseu, Quíron, a história de todos os homens até o êxodo dos deuses. O futuro, qual víbora ladina, aguarda a chegada das vítimas, sem comoção. A vidência, essa lepra implacável, mastiga as raízes do meu cérebro. Prevejo com insuportável nitidez o meu porvir. Tudo o que me está destinado. Na sombra, vejo um homem que me aguarda, séculos à frente. Um humilde grego que se recordará de mim e lançará sua verve ao papel. Como pedra que, atirada ao rio, produz círculos concêntricos até atingir a margem, outro homem, mais à frente, me recordará também, com a mesma intensidade. Esse segundo, resignadamente cego, apoiado a uma bengala, um dia cortará a rua de uma cidade platina. Entrará numa biblioteca cujas inumeráveis estantes recordam o labirinto de Dédalo. Na curva de uma delas, intuitivamente, apanhará um livro. Uma obra sobre o seu passado e o meu presente. Em casa, pedirá à mulher que leia em voz alta algumas páginas. Impaciente, se moverá na cadeira, preso à sua noite. E, então, vejo-o sorrir e ditar a minha história.

João Anzanello Carrascoza

É natural de Cravinhos, interior de São Paulo. É escritor e professor da Escola de Comunicações e Artes da Universidade de São Paulo (USP) e da Escola Superior de Propaganda e Marketing (ESPM). Publicou os romances *Caderno de um Ausente* e *Aos 7 e aos 40*, os livros de contos *O Volume do Silêncio*, *Espinhos e Alfinetes*, *Amores Mínimos* e *Aquela Água Toda,* entre outros, além de obras para crianças e jovens, como *Aprendiz de Inventor e O Homem Que Lia as Pessoas*. Algumas de suas histórias foram traduzidas para o inglês, o francês, o italiano, o sueco e o espanhol. Recebeu os prêmios Jabuti, Associação Paulista dos Críticos de Arte (APCA), Fundação Nacional do Livro Infantil e Juvenil, Fundação Biblioteca Nacional e o internacional Guimarães Rosa (Radio France).

José Eduardo Agualusa

A sombra da mangueira

Lembro-me muito bem do primeiro livro de Borges que li: *Ficções*. Tinha 19 anos e mudara-me para Lisboa para estudar Agronomia. Aquele livro, emprestado por um amigo, arrebatou-me. Fui à procura de tudo o que havia de Borges – e sobre Borges, o que não era assim tão fácil naquela época anterior à internet. O que mais me marcou foi perceber que a ficção podia ser um jogo com a realidade. Tudo o que escrevi depois de ler aquele livro – ou seja: tudo o que escrevi – tem essa marca de Borges.

Quando o Construtor de Castelos abriu os olhos, continuava no mesmo lugar. Não saberia dizer quanto tempo estava ali. Nem sequer saberia dizer se onde estava existia tempo. Os dias e as noites não se sucediam uns aos outros. Tão pouco os bichos e as árvores se desenvolviam, ou os corpos envelheciam.

O Construtor de Castelos fechava os olhos o tempo suficiente para que o capim crescesse e engolisse tudo, e quando os voltava a abrir encontrava o mundo igual. A farta e fresca sombra da mangueira, um perfume feliz, um rio correndo ao fundo.

Por muito que caminhasse (e já caminhara muito) não conseguia abandonar a sombra da mangueira. O rio, esse, continuava colado ao horizonte, cintilante e mudo, como uma miragem. Só mudavam os visitantes.

Naquele momento, ao abrir os olhos, encontrou um menino parado diante dele:

– Quem é você?

– Sou o Menino Que Vendia Amendoins – respondeu o menino: – E você?

— Sou o Construtor de Castelos — respondeu o Construtor de Castelos. — Eu construía castelos.

— Fantástico! E para que construía castelos?

— Para proteger os príncipes.

— E de quem, ou do quê, os príncipes precisavam se proteger? Dos dragões?

— Dragões?! Não, naquele tempo já não havia dragões. Não havia dragões fazia muitíssimo tempo. Os príncipes precisavam proteger-se de outros príncipes.

— E esses príncipes, também eles tinham castelos?

— Sim, também tinham castelos.

— E você construía castelos para todos os príncipes?

— Para aqueles que me podiam pagar. Castelos são caros. Aprendi a construir castelos com o meu pai. Há várias gerações que construímos castelos.

O Menino Que Vendia Amendoins sentou-se na areia, ao lado do Construtor de Castelos.

— Antes de estar aqui, à sombra desta mangueira, estava onde? — perguntou o Construtor de Castelos ao Menino Que Vendia Amendoins.

— Estava à sombra desta mangueira — respondeu o Menino Que Vendia Amendoins. — Não se consegue ir além da sombra da mangueira. Não se consegue sequer subir à mangueira. Sobe-se e sobe-se e está-se sempre no mesmo lugar. Se conseguíssemos subir à mangueira, poderíamos espreitar para além do rio. Aqui só as pessoas mudam. A gente fecha os olhos e as pessoas mudam. Não é assim com você?

– Sim – concordou o Construtor de Castelos. – É assim, creio, com toda a gente, mas insisto em repetir a pergunta porque pode ser que outra pessoa tenha uma história diferente para contar. O que você acha que existe para além do rio?

– Acho que não existe nada.

– Eu acho que nem o rio existe, é apenas uma imagem.

– Pode ser. De resto, para que nos serve um rio cuja água não conseguimos tocar?

Ficaram ambos a contemplar o horizonte durante um largo momento. Então o Construtor de Castelos disse:

– E nós existimos realmente?

– Existimos, sim! – assegurou-lhe o Menino Que Vendia Amendoins: – Existimos, mas não realmente. Se realmente existíssemos sentiríamos dor.

– Dor?! Eu sinto dor.

– Dor de barriga?

– Não, não sinto dor de barriga.

– Dor de cabeça?

– Não, isso também não. Dói-me outra coisa a que não sei muito bem dar um nome. Acho que o que me dói é o meu passado.

– Ah, o passado! O passado existe sem existir, como aquele rio. Julgas que está lá, podes vê-lo, mas não consegues mergulhar nele. Ninguém mergulha no passado.

– Não sei. As águas dos rios afastam-se, não desaparecem. Apenas mudam de lugar. Talvez aconteça algo semelhante aos dias que deixamos para trás: não se extinguem, ocultam-se num outro lugar.

O Menino Que Vendia Amendoins não respondeu. Distraíra-se a contemplar as nuvens. As nuvens giravam no alto céu, ora muito brancas, ora douradas, ora de um brando tom cor-de-rosa. O menino bocejou, espreguiçou-se. Voltou-se para o Construtor de Castelos e sorriu:

– Desculpa, amigo, vou fechar os olhos.

Fechou os olhos e desapareceu.

A pessoa mais estranha que o Construtor de Castelos encontrara à sombra da mangueira nem sequer era uma pessoa, era uma vaca. Por delicadeza, por força de hábito, o Construtor de Castelos perguntou-lhe, como fazia com todos os visitantes:

– Quem é você?

A vaca não respondeu. Olhou-o entediada. Um tédio antigo, que o Construtor de Castelos sentiu como se fosse uma ofensa. Fechou os olhos e desapareceu.

O Construtor de Castelos, de novo sozinho, pôs-se a construir castelos na areia. Era uma coisa que fazia com grande destreza, embora lhe doesse a memória enquanto o fazia. Estava naquilo, quando escutou, atrás de si, uma voz curiosa:

– São lindos, os seus castelos. Uma pena serem feitos de areia. Não vão durar muito.

O Construtor de Castelos voltou-se e viu uma mulher bonita, morena e ágil, com um vestido que lhe pareceu demasiado faustoso, ou apenas demasiado vermelho, para usar à sombra de uma mangueira.

– Os castelos duram o tempo dos sonhos – respondeu o Construtor de Castelos.

A mulher sorriu:

– Sim, suponho que sim. Quem é você?

– Sou o Construtor de Castelos.

– Entendo. Você construía castelos?

– Ainda construo. Não os vê?

A mulher sacudiu a fina arquitetura dos ombros, numa gargalhada muito limpa:

– Ah sim, esses. Desculpe. Não quer saber o que eu fazia?

– O que você fazia?

– Fui atriz. Fazia de conta que era outras pessoas. Isso enquanto trabalhava. A partir de certa altura, por vício profissional, por medo, não sei bem, comecei a fazer de conta que era outra pessoa, ou outras pessoas, mesmo longe dos palcos.

– Por medo? Medo de quê?

– Medo de que os outros não gostassem da pessoa que eu realmente era. Então comecei a representar outras pessoas. É mais fácil sermos muitos do que um só. Ser um só parecia-me muita responsabilidade. E como sempre tive talento para representar, sou uma boa atriz, os outros acreditaram que eu era aquelas pessoas. De vez em quando, na intimidade, ainda me acontecia ser eu. Acontecia-me ser eu por pura distração.

– E agora?

– Agora, aqui?

– Sim, aqui. À sombra desta mangueira.

– Converso com as pessoas para tentar saber quem sou. Acho que se descobrir quem sou, este sonho acaba, e eu desperto num lugar conhecido.

– Nunca tinha pensado em tal possibilidade – confessou o Construtor de Castelos, interessado. – Contudo, não acredito que nos encontremos presos dentro de um sonho. Sonhos são sempre breves e desorganizados, umas vezes somos uma mosca; outras, o pássaro que engole a mosca. E isto parece-me algo diverso, um lugar coerente, ainda que absurdo. Não acredito que eu vá despertar, daqui a pouco, na minha cama. Julgo que morremos. Estamos todos mortos.

– Estamos mortos?!

– Estamos mortos. Talvez há muito tempo. Há muito ou há pouco, não faz diferença alguma.

A Atriz assustou-se. Ou fingiu assustar-se. Os olhos levemente abertos, a respiração acelerada. Seria impossível dizer se fingiu, ou se realmente se assustou, pois, afinal de contas, era uma boa atriz:

– Não consigo imaginar-me morta. Nunca representei uma morta.

– Acho que estamos mortos. Acho que estamos mortos e que viemos aqui parar, a este desvario, como castigo. Estamos aqui para sofrer.

– Quer dizer... o Inferno?! O senhor acha que estamos no Inferno?...

– Dê-lhe o nome que quiser.

A Atriz sorriu. O sorriso dela gerava em redor uma espécie de microclima, como um sol dos trópicos incendiando o céu de Oslo em pleno inverno. Aquele sorriso – pensou o Construtor de Castelos – desmentia por si só a possibilidade do Inferno. Era uma negação do Inferno. De resto ali não se sentia o peso do tempo. No Inferno, pelo contrário, os condenados devem sofrer o peso do tempo, o tempo todo. O Inferno é o peso do tempo.

– Talvez eu esteja morta, mas não me sinto no Inferno. Sinto-me apenas perdida, como uma criança que soltou a mão da mãe na multidão. Eu soltei a mão de mim mesma. Ando por aqui, um tanto angustiada, à espera que este sonho termine. Enquanto isso encontro pessoas interessantes. Gosto de conversar com elas. Não estou no Inferno, nem sequer num pesadelo. Quando encontro alguém de que não goste basta-me fechar os olhos.

– Não feche os olhos agora – pediu o Construtor de Castelos. – Fale um pouco mais comigo.

Queria vê-la sorrir de novo. Doía-lhe menos o passado quando a via sorrir. Infelizmente, não sabia como a fazer sorrir. Em vida, ou na sua outra forma de vida, o Construtor de Castelos fora um homem muito austero. Aprendera com os monges a desconfiar dos sorrisos. Gargalhadas enfureciam-no. A alegria parecia-lhe um desagradável descuido dos brutos. Pior: um desrespeito, quase um insulto, para com o Senhor Jesus, morto num madeiro para salvar os homens. Agora, porém, já não tinha a certeza de que fosse assim. Perdera quase por completo a fé em Jesus. Perdera a fé no que quer que fosse. Pensava nisso, na vertigem da vida passada, na fé que perdera, quando a mulher, sem que ele dissesse nada, voltou a sorrir:

— Estou aqui — murmurou. — Nunca conheci um Construtor de Castelos. Você gostava de construir castelos?

O Construtor de Castelos entusiasmou-se. Sim, desde pequeno. Via o pai a desenhar castelos. Via-os depois — os castelos — erguerem-se a custo da lama, num esforço asmático, numa ânsia de paquidermes cegos, até se converterem pouco a pouco naquilo que o pai havia sonhado.

— Os castelos constroem-se sempre contra alguma coisa, contra outros — comentou a mulher. — Isso não o incomodava?

— É o contrário. Os castelos constroem-se para proteger pessoas.

— Tudo bem, entendo. Contudo, constroem-se para a guerra. Os castelos tendem a atrair as guerras, da mesma forma que a alegria dos noivos converge para as igrejas.

— Isso e a tristeza dos funerais.

– Sim, tem razão – riu-se. – As igrejas são bipolares.

O Construtor de Castelos suspirou:

– Vivi guerras, tempos maus. Fui cúmplice de atrocidades. Mas o que podia fazer? Eu era apenas o Construtor de Castelos.

A Atriz tomou-lhe a mão. Segurou-a entre as suas.

– Pelo menos você viveu uma vida própria. Foi inteiro, sendo grandioso ou abjeto. Eu, pelo contrário, vivi vidas alheias, dezenas delas, com mais verdade do que a minha. Aliás, o que aconteceu à minha?

– Não exagere. Certamente você foi amada. Certamente amou alguém.

– Sim, mas amei melhor quando fingia amar, servindo-me de palavras que alguém escrevia para mim e acreditando mais nelas do que naquelas que me ocorriam quando era eu mesma. Quando era eu mesma todas as frases me soavam frouxas, ridículas, completamente artificiais. Sejamos sinceros: a vida raramente é elegante.

O Construtor de Castelos sorriu. Um sorriso desajeitado, um pouco estrábico, de quem não sorria desde a infância.

– A vida é sempre elegante quando você está por perto.

A Atriz olhou-o, surpresa, incomodada. Fechou os olhos e desapareceu. O Construtor de Castelos lançou a mão direita para a frente, como se a quisesse segurar, mas era tarde demais. Ao longe, o rio deslizava indiferente. Pássaros (que ele nunca conseguira ver) cantavam entre a densa folhagem. O homem fechou os olhos. Quando os reabriu encontrou à sua frente um Domador de Leões. Depois do Domador de Leões vieram uma Cabeleireira, três professoras primárias, um General, quarenta e quatro comerciantes indianos, cento e trinta e cinco comerciantes chineses. O Construtor de Castelos perguntou a todos eles se, por acaso, haviam conhecido, ali, à sombra da mangueira, uma atriz de vestido vermelho. Um dos comerciantes chineses conhecera uma atriz. Lembrava-se bem dela, uma mulher de lábios carnudos e peitos que pareciam levitar. Havia sido uma grande estrela de filmes pornográficos. O Construtor de Castelos quis saber o que eram filmes pornográficos. O entusiasmo do comerciante não o contagiou, pelo contrário. Fechou os olhos, horrorizado, e quando os reabriu encontrou à sua frente, sentado numa pedra, um homem um pouco gordo, que o olhava com aquele olhar errado, sem rumo, com que os cegos fixam as coisas.

— O senhor é cego? — estranhou o Construtor de Castelos.

— Fui cego — disse o homem. — Era um escritor cego. A escrita ajudava-me a ver. Agora que vejo, mas não escrevo, acho que vejo pior.

— Sobre o que é que o senhor escrevia?

— Sobre o que não sabia. Só vale a pena escrever sobre aquilo que desconhecemos e que nos aterroriza. Eu escrevia sobre os sonhos, sobre o tempo...

– Então o senhor está no lugar certo.

O Escritor Cego concordou. Fechou os olhos e logo foi substituído por um marinheiro de pernas cruzadas, costas muito direitas. Usava largas patilhas e um brinco na orelha direita. Antes que o Construtor de Castelos conseguisse perguntar-lhe alguma coisa, o Marinheiro estendeu a mão e apontou para o rio:

– Sabe o que falta ali?

O Construtor de Castelos encarou-o, surpreso:

– Onde? No rio?

– Sim, no rio.

– O que falta?

– Uma ponte!

– Uma ponte?

– Sim, sim, uma ponte. Como iremos atravessar para a outra margem?

O Construtor de Castelos não conseguiu disfarçar a irritação. Ergueu a voz:

– Nunca passaremos para a outra margem. Não existe uma outra margem.

O Marinheiro riu-se. Não havia maldade no riso dele:

– Claro que existe. Existe o rio, e existe outra margem. Todos os rios têm duas margens. Isso significa que temos de atravessá-lo e alcançar o lado de lá.

– Temos?!

– Temos! Se o rio está ali é para que o atravessemos.

O Construtor de Castelos mostrou com um gesto fatigado a farta sombra que os cercava:

— A sombra desta mangueira é a nossa prisão. Não há como sair daqui.

O Marinheiro ergueu-se de um salto, assustando o outro:

— Escapei de muitas prisões. Nenhuma, asseguro-lhe, dispunha de uma vista tão excelente. Uma cadeia com uma vista assim não chega a ser um lugar de penitência – é um ardil amável.

— O senhor acredita no Inferno?

— Claro. É um território interior. Não se vai para o Inferno, não se vai para o Paraíso. Vamos é com eles para toda a parte. Trazemo-los dentro de nós. Há pessoas que expandem o Inferno que trazem dentro de si, outras o Paraíso. Muitas não chegam a desenvolver nenhum dos dois. Essas são as mais infelizes.

— E em Deus?

— Em Deus?

— Sim, acredita em Deus?

— Para quê?

Inclinou-se e estendeu a mão, que o Construtor de Castelos apertou:

— Foi um prazer conversar com o senhor. Desejo-lhe encontros felizes e uma excelente jornada. Qualquer que seja o seu destino.

Fechou os olhos e desapareceu.

– Ora esta – murmurou o Construtor de Castelos consigo mesmo. – Que figura tão impertinente.

Ainda sentia o coração aos saltos. Ao mesmo tempo lamentava a súbita partida do Marinheiro. Lamentava também não ter tido mais tempo para conversar com o Escritor Cego. As melhores conversas, pensou, são as que nos desassossegam, aquelas que nos aceleram o coração. Ficou um demorado instante pensando no que dissera o Marinheiro a respeito das pontes, do Inferno e de Deus. Levara a vida inteira construindo prisões, ou combatendo outros homens em nome de um Deus ausente. Lembrava-se dos soldados avançando de encontro às muralhas. Eram as últimas imagens que recordava. O cheiro do óleo fervente sendo derramado. Os gritos dos feridos, o clarão das chamas, o furioso estrépito do metal contra o metal.

– Devia ter construído pontes! – gritou.

– Eu construía pontes.

O Construtor de Castelos voltou-se e viu uma mulher magra e pálida, muitíssimo ruiva, a cabeleira soltando fagulhas, os olhos cheios de luz.

– Construí muitas pontes – disse a mulher rodando nervosamente em torno do Construtor de Castelos. – Amava o meu trabalho. A partir de certo momento, porém, deixei-me conquistar pela arrogância e comecei a construir pontes por vaidade, como um daqueles escritores que escrevem não para ver melhor, mas para melhor ser vistos. Aconteceu-me o que sempre acontece quando perdemos a paixão – uma das minhas pontes ruiu. Morreu muita gente. A minha carreira acabou.

Sentou-se no chão, ao lado do Construtor de Castelos. Ficaram os dois em silêncio, enquanto, lá longe, no passado, a ponte ruía, arrastando gente. Por fim o Construtor de Castelos ergueu a voz:

– Ensina-me a construir pontes?

A Engenheira de Pontes sorriu:

– Nada me faria mais feliz!

Foi buscar um graveto e pôs-se a desenhar na areia. Passaram anos, e os dois continuaram ali, fazendo cálculos e concebendo pontes. Por fim, a Engenheira de Pontes estendeu-se de costas, a cabeleira ruiva ardendo devagar, o olhar perdido entre a folhagem:

– Não há mais nada que lhe possa ensinar. Você revelou-se um bom aluno. Agora sabe tanto quanto eu – agora é, como eu, um engenheiro de pontes.

Disse isso e fechou os olhos. O Construtor de Castelos, aliás, o Engenheiro de Pontes, ergueu-se feliz. Espreguiçou-se. Pareceu-lhe que o rio cantava. Naquele dia – dia é uma maneira de dizer – visitaram-no mais uma dezena de operários e de comerciantes chineses, um cirurgião, uma tocadora de alaúde, um criador de minhocas e um matemático. Perguntou a todos se haviam encontrado uma atriz de vestido vermelho. Enquanto aprendia a construir pontes, com a paixão juvenil com que aprendera a construir castelos,

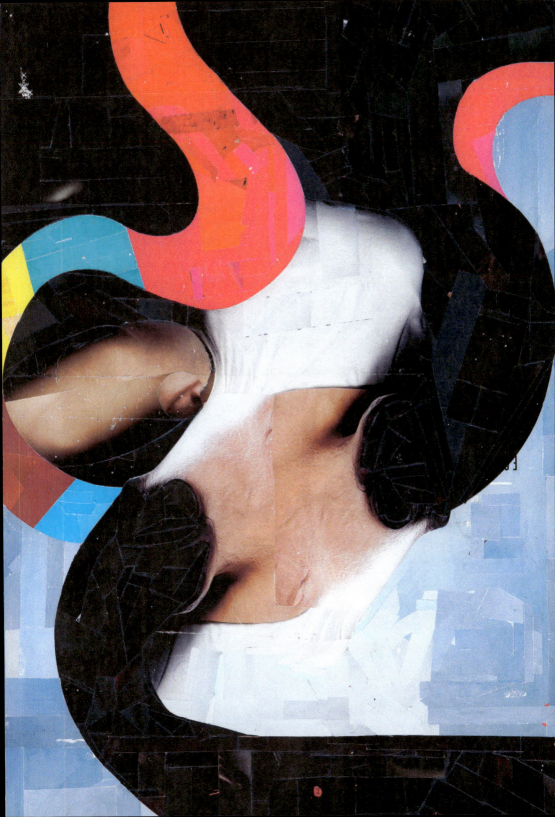

nunca deixara de pensar nela. A imagem da Atriz infiltrava--se, como uma luz inaugural, pelas frestas da sua desatenção. Bastava distrair-se um momento para que logo o desarrumasse o líquido riso dela. Contudo, nenhuma daquelas pessoas se cruzara com a Atriz. O Engenheiro de Pontes perguntou ao Matemático se havia alguma possibilidade de a voltar a ver. O Matemático franziu o farto sobrolho:

– Seria uma coincidência extraordinária. Ou seja, por que não? Ser vivo é tudo poder.

Instantes depois uma mulher longa e flexível como uma cobra, professora de ioga, foi ainda mais otimista:

– Você só tem de aprender a abrir os olhos. De cada vez que abre os olhos encontra diante de si uma pessoa diferente, certo? Então abra-os mais vezes. Abra-os, sempre, pensando em quem gostaria de encontrar.

Uma multidão desfilou pela sombra da mangueira, e com cada uma daquelas pessoas o Engenheiro de Pontes aprendeu algo. Reviu a vaca que encontrara muito tempo atrás. Aquela ou outra, o Engenheiro de Pontes não podia jurar que fosse a mesma. Em todo o caso, uma vaca. Dessa vez, o animal olhou--o, não com desagrado, mas com ternura. A seguir falou, com uma voz que não era de vaca, e sim de tartaruga velha:

– Além, os pastos são melhores.

Dizendo isso, fechou os olhos e desapareceu. O Engenheiro de Pontes nunca antes prestara atenção a vacas. Impressionou-o, porém, a autoridade com que aquela falara.

A frase ter-lhe-ia parecido irrelevante, em particular na boca de uma vaca, não fosse pelo tom empregue. Quase sempre é mais importante o tom do que aquilo que se diz. O Engenheiro de Pontes fechou os olhos. Quando os reabriu encontrou diante dele o riso resplandecente da atriz do vestido vermelho.

– Você?

A Atriz bateu as palmas, feliz:

– Tenho andado à sua procura.

O Engenheiro de Pontes vinha-se preparando para aquele encontro havia várias eternidades. Ao vê-la, porém, deu-se conta de que nunca estaria preparado. As mãos tremiam-lhe. Faltava-lhe o ar. Foi franco:

– Quando você se aproxima o ar rarefaz-se. Fica difícil respirar. Assim, com o cérebro privado de oxigênio, sofro surtos de estupidez, perco o raciocínio, nem sei bem, digo coisas mal-arrumadas...

A Atriz calou-o com um sorriso:

– Não se desculpe. Desapareci sem intenção. Acho que me assustei.

– Assustou-se?!

– Enquanto conversava consigo, enquanto você conversava comigo, senti que me ia aproximando de mim mesma. Você olhava para mim e parecia ver-me. Ver-me a mim, não às personagens que eu inventara. Mas depois disse aquilo, e foi como se falasse não comigo, mas com uma dessas personagens. Perdi o chão. Fechei os olhos para não cair e quando os reabri havia uma vaca à minha frente.

– Você também a viu, à vaca?

– Sim, elas andam por aí – mas não vamos falar de vacas.

– Não falaremos de vacas – concordou o Engenheiro de Pontes. – Quem encontrou mais?

– Eu queria encontrá-lo era a si. Reencontrá-lo. Mas só me surgiam outras pessoas. Perguntei por si a toda a gente.

– Conheceu alguém que se lembrasse de mim?

– Sim. Um marinheiro. Disse-me que você me iria ajudar a atravessar o rio.

– Acredita em tal coisa?

– Tenho-me exercitado nisso – em acreditar. Não há pior doença do que o ceticismo. Construímos uma ponte, ou passamos a nado?

– Eu sei construir pontes.

– Então vamos!

– E a sombra?

– Com tanta luz – e você só vê a sombra?

Deu-lhe a mão e puxou-o. O homem viu um caminho cintilando entre o capim-elefante. O rio que se aproximava. Voltou-se: viu atrás deles a mangueira, entre outras mangueiras, e todas elas mais altas do que o mais alto castelo, e pássaros verdes, pássaros azuis, pássaros amarelos, centenas deles, cantando nas densas ramadas. A mão da mulher era quente e macia e tudo estava de novo a começar.

José Eduardo Agualusa

É um dos mais importantes escritores contemporâneos. Nasceu no Huambo, Angola, em 1960. Estudou Silvicultura e Agronomia em Lisboa, Portugal, e tem intensas ligações com o Brasil, por causa de visitas constantes ao país, atendendo a convites para participar de diversos eventos literários. Escreveu dez romances e oito livros de contos (quatro deles para crianças), além de peças para teatro.

Agualusa é membro da União dos Escritores Angolanos, e suas obras estão traduzidas em 25 idiomas.

Alguns livros do autor: *A Conjura* (Gryphus, 2009), *Estação das Chuvas* (Língua Geral, 2010), *Nação Crioula* (Gryphus, 2008 e Língua Geral, 2012), *Um Estranho em Goa* (Gryphus, 2001), *O Homem Que Parecia um Domingo* (Edição particular, 2002), *Catálogo de Sombras* (Dom Quixote, 2003), *Manual Prático de Levitação* (Gryphus, 2005), *Passageiros em Trânsito* (Dom Quixote, 2006).

Leo Cunha

Booooooorges

Descobri Jorge Luís Borges nos anos 1980, quando estudava Jornalismo na Pontifícia Universidade Católica de Minas Gerais (PUC-Minas). Fiquei fascinado pelo escritor argentino e li tudo o que dele encontrei na biblioteca da faculdade. Alguns anos depois, quando cursava o mestrado na Faculdade de Biblioteconomia da Universidade Federal de Minas Gerais (UFMG), encontrei na internet um site que dizia: "Clique aqui e leia a obra completa de Herbert Quain". Foi um susto, já que, pelo que sabia, Quain era um dos inúmeros escritores fictícios inventados por Borges. Desse episódio veio a inspiração para o conto "Booooooorges", que escrevi para este livro.

Creio na imortalidade: não na imortalidade pessoal, mas sim na cósmica. Continuaremos sendo imortais; mas, para além de nossa morte corporal, fica nossa memória, e para além de nossa memória ficam nossos atos, nossos feitos, nossas atitudes, toda essa maravilhosa parte da história universal, ainda que não o saibamos e é melhor que não o saibamos.

Jorge Luís Borges

Jorge Luís Borges é fascinado pelas máquinas do tempo. Mais do que isso, lhe encanta a ideia da viagem ao futuro ou ao passado, quer ela dependa ou não de máquinas. O trajeto, o meio de transporte, o aspecto tecnológico, nada disso lhe apetece tanto quanto a possibilidade mesma de desembarcar em outro tempo, ainda que tal desembarque seja apenas desenhado pela fantasia, imposto pelo sonho ou adivinhado pela literatura. Viajar no tempo supera, de longe, qualquer viagem espacial. Afinal de contas, toda viagem é espacial: ir de um planeta a outro é como atravessar a rua para visitar o vizinho.

O que Borges não imagina é que esta sexta-feira é seu dia de sorte. Ao pegar o táxi, às 16 horas, na Avenida Quintana, esquina com Callao, em pleno bairro da Recoleta, ele está entrando por acaso numa máquina do tempo.

O leitor pode desdenhar a conjectura de que os deuses do acaso escolheriam Borges e não outro morador qualquer da Buenos Aires de 1984 para esta viagem. Por exemplo, um torcedor do Boca Juniors que jamais gastou seu pensamento com viagens no tempo. Ou um garoto apaixonado pela fantástica máquina do tempo de H. G. Wells, ou nem isso, pelas viagens de Júlio Verne, um escritor esforçado e risonho, mas que se limitou a escrever para adolescentes (isso na opinião de Borges, evidentemente).

Ora, escolher outro cidadão para esta viagem seria grande falta de consideração dos deuses do acaso – se é que existem. Por outro lado, o que caracteriza o acaso não é justamente a falta de consideração? O fato é que, por coincidência ou de caso pensado, Borges foi o escolhido.

Cego há muitos anos, o escritor chama o táxi com a ajuda de sua companheira María Kodama. Ao sentar-se no banco de trás, ouve María informar ao taxista um endereço no outro lado da cidade.

– Este é Jorge Luís Borges, o escritor. Certamente já ouviu falar dele.

– Claro! – responde o taxista, com orgulho. – Já li diversos contos, o senhor me desculpe não lembrar um título agora. Acho que é a emoção.

– Pois bem – continua María. – Neste endereço haverá alguém esperando o táxi. Provavelmente o diretor da escola onde Jorge fará a palestra.

O carro arranca e María acena para o companheiro, mesmo sabendo que ele não enxergará o gesto. Ou talvez intuindo que aquele taxista emocionado é, na verdade, o piloto de uma máquina do tempo e que Borges está prestes a viajar para o futuro.

O escritor, por sua vez, nada pressente. Repassa mentalmente os tópicos da palestra que dará na escola e não percebe – não tem como perceber – que os relógios de rua estão marcando horários desencontrados. Na Avenida Alvear, o relógio mostra 16h30. Alguns quarteirões depois, quando a Alvear já virou Cerrito, os ponteiros marcam 11h18. Mais à frente, na entrada para a Estrada 25 de Mayo, o relógio marca 19 horas. O tempo saiu do controle.

Quando o táxi estaciona, finalmente, em Berazategui, o dia é, por coincidência – se o leitor teima em acreditar nessas coisas – 25 de maio de 2014. Embora a vizinhança seja tranquila, Borges percebe alguma diferença no ar. O motor dos ônibus, a buzina dos carros, o cheiro poluído do ar, palavras desconhecidas na boca dos transeuntes. Novas gírias, novos ruídos, novos odores. O mundo está mudado.

Em vez do diretor da escola, quem espera o escritor na saída do táxi é um adolescente, com talvez catorze ou quinze anos de idade. Borges leva um susto ao notar que o rapaz se parece muito com ele próprio, quando jovem. No instante seguinte, um susto ainda maior, ao se dar conta de que está enxergando normalmente.

A primeira hipótese que lhe vem à mente é a de que ele teria voltado ao passado, ao tempo em que ainda não era cego, à Buenos Aires dos anos 1930. Mas nada ao redor confirma isso. As construções, o calçamento da rua, os carros, as roupas, tudo indica o contrário. Um pouco constrangido, aproxima-se do rapaz e sussurra em seu ouvido:

— Desculpe a pergunta estranha, meu jovem, mas em que ano estamos?

O anfitrião faz uma careta, como quem desconfia que está diante de um velhinho demente. Borges percebe a reação do adolescente e ventila a possibilidade de ter sido acometido de uma esclerose repentina. Ou seria um delírio? Um sonho? Todas as alternativas lhe parecem mais plausíveis do que a viagem no tempo, a bordo de um simples táxi amarelo e preto.

— Estamos em 2014, doutor — responde o rapaz.

Borges olha ao redor e constata que não há escola alguma no quarteirão, apenas casas de um ou dois andares, além de uma barbearia, um armazém e algo chamado *lan house*.

— Eu estou vindo de 1984. Isso te assusta? Ou vocês já estão acostumados com visitantes de outras épocas?

O rapaz não responde.

— Você sabe quem eu sou? Meu nome é Jorge Luís Borges.

— Sei, sim — responde o garoto, olhando pro chão.

— Por acaso, está com a sensação de já ter me encontrado antes?

— Por que pergunta isso, doutor?

— Certa vez, escrevi um conto chamado "O outro", no qual estou sentado em um banco, e ao meu lado se senta um garoto que sou eu mesmo. A história se passa em 1969, em Genebra. Eu relato àquele garoto todo o seu futuro, que é o meu passado, mas sinto que não consigo tocá-lo, nem mesmo fisicamente. Somos a mesma pessoa e no entanto não temos quase nada a ver um com o outro. Até hoje não sei se eu estava sonhando com ele, ou ele comigo, ou se ambos estávamos sonhando um com o outro. Agora, ao encontrar você aqui em Berazategui, senti o mesmo incômodo. Não sei se chamo isso de *déjà vu*, ou *déjà lu*. Sabe aquela sensação estranha de já ter vivido a mesma cena? Ou lido? Ou escrito?

– Não, doutor, nunca senti nada parecido. Além do mais, eu não me chamo Jorge Luís Borges. Meu nome é Armando.

O escritor ainda não está convencido de que a situação é totalmente inédita. Vasculha na lembrança outro conto que o ajude a compreender o que está ocorrendo, ou pelo menos que o ajude a situar-se em um contexto mais conhecido, mais familiar.

– Ah, também escrevi um conto chamado "Utopia de um homem que está cansado". Trata-se de um sujeito, Emilio Oribe, que faz uma viagem ao futuro.

– Numa máquina do tempo?

– Não importa. A viagem, propriamente, nem aparece. Emilio cai no futuro, onde, ou quando, é recebido por um homem muito alto, sem nome, que só fala latim. Emilio pergunta a ele: "Não o surpreende meu aparecimento súbito?". E o homem alto responde que não, pois de século em século aparece um visitante de outra época.

– Não é o meu caso – retruca o rapaz. – Nunca me apareceu ninguém de outra época. Até mesmo do centro de Buenos Aires são poucos os visitantes.

– Nesse conto, Emilio afirma que toda viagem é espacial. Ir de um planeta a outro é como atravessar a rua e visitar o vizinho. Ou vir da Recoleta a Berazategui.

Os olhos do rapaz se iluminam com uma ideia.

– Talvez a mesma coisa valha para o tempo.

– Como assim?

– Talvez toda viagem seja uma viagem ao futuro.

– Pode ser. E algumas também ao passado.

Empolgado com a conversa, Armando demora para achar a chave de casa. Finalmente tem sucesso, abre a porta e convida Borges a entrar.

– Sua casa é bonita – elogia o escritor. – Seus pais têm uma biblioteca, ou uma estante de livros? Eu gostaria de saber o que andam lendo em 2014.

– Temos alguns livros, sim, mas eu prefiro a internet.

Borges hesita um instante, sem saber se reconhece o termo.

– Internet? Pode me mostrar?

– Claro, doutor.

E o leva até o escritório, onde, sobre a mesa, há uma espécie de televisão bem pequena, diante de algo que parece uma máquina de datilografar muito fina e sem papel. Borges deduz que o aparelho é uma espécie de computador pessoal, do qual algumas pessoas vinham falando, no início dos anos 1980, como a invenção que poderia revolucionar o futuro da comunicação e da leitura.

— E como funciona este aparelho, Armando? O que você faz com ele?

— Muita coisa, senhor. Faço pesquisas para a escola, converso com outras pessoas, publico minhas fotos, jogo *games*, leio.

— Lê o quê, por exemplo?

O garoto parece se divertir com a ideia de que o visitante do passado não conhece os avanços tecnológicos. Tal constatação o põe em pé de igualdade, de certa forma, com um escritor tão culto e famoso, e mais, famoso por sua cultura. Resolve então adotar uma postura professoral. Com a mão direita, mexe em uma caixinha arredondada que está ao lado das letras.

— Chamamos de *ratón*, ou *mouse* — explica.

Em seguida datilografa o nome Jorge Luís Borges e as palavras surgem em um retângulo na tela.

— Este é um *site* de buscas, chamado Google. O senhor quer ver como funciona?

— Por favor.

— Primeiro eu digitei "Jorge Luís Borges". Agora clico nesse botão, para começar a busca. E tudo o que já escreveram sobre o senhor na internet vai aparecer.

— Escreveram? Quem escreveu?

— Qualquer pessoa, em qualquer época, em qualquer lugar do mundo. São milhões de computadores interligados pela rede.

Borges espia na tela o resultado da busca: mais de 2 milhões de páginas. A palavra Google ganhou várias letras O.

– Goooooooogle! – exclama o escritor lentamente, quase numa vaia.

– Boooooooorges! – comemora o garoto, em compensação. – Viu só quanta informação sobre o senhor?

– E agora?

A pergunta não é tão simples quanto parece. Borges não quer saber apenas *o que fazer agora*, mas, também, *o que acontece agora*. *O que será do mundo agora* que um pequeno computador, em cima de uma mesinha, acumula tanta informação. Como captar tudo isso, como organizar tudo isso, como selecionar, como esquecer.

– Sabe, Armando, desde a primeira vez que ouvi a palavra "informática", ela teve o poder de me irritar. Sempre considerei uma desgraça a existência de uma ciência com este nome, mas me consolava prevendo que tal ciência não triunfaria senão daqui a séculos. Vejo, contudo, que três décadas foram o suficiente. A informação já substituiu a cultura. E a Biblioteca de Babel já se instalou. Sua sede é o planeta.

– Como queira. Mas o senhor não está curioso para saber o que está escrito aí?

Borges respira fundo, antes de responder.

– Bem, Armando, eu acredito que somente os imbecis nunca mudam de ideia. Portanto, se foi inevitável a chegada do futuro – ou minha chegada ao futuro, tanto faz –, talvez a única saída seja mesmo encarar a fera.

– É assim que se fala! Basta o senhor escolher um dos *links*, para entrar.

Borges varre a tela com os olhos, até que uma frase fisga sua atenção: "Leia aqui a obra completa de Herbert Quain".

– Mas como? – não consegue conter o grito de espanto. – Isso é impossível!

– O que é impossível, senhor?

– No conto "Exame da obra de Herbert Quain", eu inventei esse escritor irlandês, toda a sua biografia e também sua obra. Mas é tudo mentira, ficção. Quain nunca existiu, muito menos sua obra. Nunca existiu seu grande romance, intitulado *April March*.

– *Marcha de Abril?*

– É um truque. Ao contrário do que parece, não significa *Marcha de Abril*, mas apenas o nome dos dois meses: *Abril Março*. No conto eu argumento que se trata de um romance brilhante, escrito de forma ramificada, sabe? Em forma de árvore. Na verdade, nove romances, cada um com três longos capítulos. O primeiro capítulo, comum a todos os nove volumes, se ramifica em três segundos capítulos. Cada um desses segundos capítulos, por sua vez, também se ramifica em três terceiros capítulos.

– Não estou conseguindo entender, senhor.

– Você tem lápis ou caneta?

– Claro, tome aqui.

Borges rabisca, então, o esqueleto de *April March*, mesmo esquema que aparece no conto "Exame da obra de Herbert Quain".

– Desculpe minha letra hesitante. Andei tantos anos cego, nem lembro quando foi a última vez que enxerguei o que estava escrevendo... Mas o importante é a ideia. O primeiro volume tem os capítulos z, y1 e x1. O segundo tem os capítulos z, y1 e x2. E assim por diante, até chegar ao último volume, cujos capítulos são z, y3 e x9.

– Pelo que estou vendo, parece o que chamam hoje em dia de hipertexto – comenta Armando. – O leitor vai construindo o caminho da leitura, e cada caminho resulta em uma história diferente.

– Isso mesmo!

– Mas então qual o problema desse *site*?

– Ora, o problema é que *April March* não existe! Nem nenhum outro livro de Quain. Como é que alguém pode ler na internet a obra completa de um escritor imaginário?

– Talvez o romance exista, sim, mas o senhor se esqueceu. Já faz tanto tempo.

– Não! Não esqueci nada.

– Será que Herbert Quain escreveu *April March* nesse período entre 1984 e 2014?

– Acabei de dizer que não existe nenhum Herbert Quain!

– Isso o senhor não pode garantir. Qualquer pessoa pode entrar na internet e usar o nome Herbert Quain. Ele pode ser um avatar. Hoje em dia isso é muito comum.

Borges passa a mão pela testa suada, sem esconder a aflição, mas de repente inclina o corpo para trás e sorri. Aquela ideia, embora assustadora, é ao mesmo tempo empolgante. Herbert Quain pode mesmo existir, por que não? Alguém neste mundo pode ter escrito de verdade o romance ramificado que ele apenas sugeriu, tantos anos antes.

Só há uma maneira de descobrir o mistério: clicar no *link* para a página. É o que ele faz, com uma mistura de medo e excitação.

Imediatamente surge na tela um rosto malicioso, seguido de um texto em letras garrafais: "Vejo que você não é um bom leitor de Jorge Luís Borges. Se fosse, saberia muito bem que Herbert Quain é um escritor fictício, inventado por Borges".

Armando dá uma gargalhada, surpreso com a pegadinha.

– O senhor foi trollado!

– Trollado? Que diabos significa isso?

– Quem criou essa página foi um Troll, só de sacanagem, só pra debochar.

– Faz sentido. O Troll é uma espécie de gigante moleque e traiçoeiro, muito comum no folclore escandinavo.

– Pois então. O senhor tem que ficar esperto. A internet está cheia de Trolls. Quer visitar outra página?

Borges balança a cabeça negativamente. Continua fitando a tela por muito tempo, atônito. Por fim, dá um suspiro resignado.

– Acabou a brincadeira, meu jovem... Acho que é hora de chamar o táxi amarelo e preto e voltar para casa – murmura, sentindo inveja de Júlio Verne com seu submarino *Nautilus*, o navio *Albatroz*, o balão *Victoria*, o vagão-projétil *Columbiad* e outras máquinas maravilhosas.

Vendo o desânimo do escritor, Armando se inclina para desligar o computador. Porém, logo antes de clicar o botão, percebe que a tela se modificou. Desapareceram o rosto malicioso do Troll e também o texto debochado, a tela inteira ficou preta, com exceção de um cantinho, onde surge uma frase em letras minúsculas: "Mas, se você quiser, clique aqui para ler algumas provas da existência real de Herbert Quain". O novo texto fica visível por apenas dois segundos, depois some da tela. Armando olha de soslaio o velho escritor e se pergunta se ele teve tempo de ler aquilo. Por um instante, cogita clicar no botão F5, para atualizar a tela e mostrar novamente a frase. Mas acha melhor não.

Leo Cunha

Já publicou cinco livros de crônicas e cerca de cinquenta livros para crianças e jovens. Além de escritor e tradutor, é professor universitário desde 1997. Ganhou vários prêmios, sendo o mais recente, em 2013, o de Melhor Livro para Crianças, com *Haicais para Filhos e Pais*, da Fundação Biblioteca Nacional. É casado com Valéria e pai de Sofia e André.

Luiz Antonio Aguiar

A biblioteca infinita

Para meu irmão Adolfo Alexandre:
apenas um presente,
com Você, ainda e sempre,
presente.

Não lembro qual foi o meu primeiro Borges... Deve ter sido "Pierre Menard, o autor de D. Quixote" ou *O Aleph.* Mas também pode ter sido seu ensaio sobre as traduções do *As 1001 Noites,* ou seus verbetes ficcionais sobre seres extraordinários. Do que me lembro muito bem é da sensação que tive ao lê-lo pela primeira vez. Foi como ser transportado para um outro mundo. Até hoje ele me provoca esse efeito. Não sei dizer em que mundo ele ambienta seus contos. Às vezes, parece o nosso; às vezes, não. Mas, mesmo quando tudo se assemelha ao familiar, a sensação de transporte permanece. Não entendo isso...

Febrilmente, percorri com os dedos as lombadas
nas prateleiras da pequena biblioteca como se
fossem a incrustação viva na rocha do metal mais
precioso. Era um veio de livros.

Fragmentos Memorialistas,
Jibril Al-Fehar ibn Fahraduc (Córdoba 955-1023?)

Jibril Al-Fehar ibn Fahraduc conquistara, relativamente jovem, o invejado cargo de curador e copista-chefe da Biblioteca do Califa de Córdoba, proclamada com orgulho a maior do Ocidente, na época – o que provavelmente era verdade. Sem que se saiba o motivo, deu então uma guinada em sua vida e tornou-se um errante, vagando de cidade em cidade da Andaluzia. E foi assim que iniciou a jornada que o conduziu ao achado da Biblioteca Infinita, que mais parece uma aventura tirada de *As 1001 Noites*.

O domínio árabe na Andaluzia (Al-Andalus, como eles chamavam a Península Ibérica, hoje Portugal e Espanha) vinha desde o século VIII e durou cerca de oitocentos anos. Córdoba era a sede do califado, uma cidade com vários palácios e mesquitas, à qual somente poderiam ser comparadas em esplendor e prosperidade as principais cidades do Oriente Médio, como Damasco, Cairo e Bagdá. Entre as maravilhas que viu, Ibn Fahraduc percorreu com seus pés o lendário palácio-cidade de Medina al-Azhara, cujo número de salões e jardins internos com chafarizes, alguns folheados a ouro, até hoje ninguém soube precisar. E havia, é claro, a própria biblioteca do califa de Córdoba.

Ibn Fahraduc foi um dos funcionários prediletos do vizir Jafar al-Mushafi, que governava em nome do califa Hisham II, então uma criança. Era quem indicava as obras que deveriam ser obtidas, para maior glória da biblioteca. O califado gastava fortunas com emissários que corriam o mundo em busca de livros raros, principalmente exemplares únicos de obras preciosas. Algumas dessas missões requeriam verdadeiras operações de espionagem, envolvendo informantes, duvidosos antiquários e bibliotecas particulares ou mesmo secretas. Cada aquisição era paga com sacolas estufadas de moedas de ouro. Havia rumores de assassinatos e outros desmandos, em alguns casos.

Nada sabemos sobre as origens de Ibn Fahraduc, a não ser que amava os livros e que foi um autodidata, já que não frequentou as academias dos pensadores e mestres que lhe foram contemporâneos. Como bibliotecário, tornou-se uma pessoa importante, no lugar que era praticamente o centro do mundo. Seu cargo lhe rendia prestígio e ricas recompensas.

Entretanto, certo dia, sem aviso nem explicações, abandonou a biblioteca, o palácio e a proteção do califa, deixou para trás Córdoba, onde nasceu, e, levando pouco mais do que a roupa do corpo, sumiu nos caminhos da Andaluzia, que passava por um período turbulento.

Ibn Fahraduc nada registrou sobre essas andanças, como se fossem um hiato em sua existência. Assim, somente vamos reencontrá-lo numa noite em que o destino torcia-se como um caracol. Ele perambulava por uma cidade cujo nome não se lembrou de anotar em suas memórias, ou não quis fazê-lo. Era bem tarde. Procurara em vão, até esgotar-se o dia, pela casa de um conhecido, onde esperava obter abrigo. De repente, viu-se desorientado, num emaranhado de ruelas.

Estava exausto, faminto, sedento. Inadvertidamente, penetrara cada vez mais fundo naquele labirinto, até chegar à parte mais antiga da cidade. Dos antros de escuridão, afundados nos becos, vigiavam-no olhos enviesados. Vez por outra, ele se voltou com a forte impressão de que estava sendo seguido. Não conseguiu enxergar ninguém, mas constatou movimentos sorrateiros às suas costas, como se um rastro deixado no ar denunciasse predadores à espreita.

Não carregava consigo nada de valor, mas sabia que, à noite, em certas cidades, havia sempre quem se dispusesse a trucidar um homem somente para ficar com seu turbante, suas sandálias e suas roupas. E poderiam nem ser ladrões, mas uma matilha de cães sem dono, esfomeados, farejando seu sangue. Naquele tempo e lugar, tudo poderia acontecer.

Ainda estavam distantes os anos em que Ibn Fahraduc se tornaria uma referência venerada nos círculos das ideias mais pitorescas do império árabe-ibérico, e a quem os poucos e dispersos iniciados que desfrutaram de seu legado apontam como fundador de uma era no pensamento (que se arriscam a chamar de *Era Fahraduc*). Pouco nos restou de seus esparsos escritos – vários trechos do *Fragmentos* foram perdidos. Mas ele teria extraído o seu peculiar modo de formular questionamentos, da leitura daquela coleção de exemplares únicos de obras, também chamada de A Biblioteca Inesgotável ou A Biblioteca Inexaurível, e, ainda, A Biblioteca Sem Fim, ou A Biblioteca Infinita. No final das contas, as denominações se equivalem, mas, caprichosamente, se referem a um acervo reduzido. Pelo que nos foi transmitido, não passavam de cinquenta volumes contrastando com o colosso da Biblioteca de Córdoba. No entanto, tal foi o seu impacto sobre nosso filósofo errante que, apesar de tantas narrativas que protagonizou, será o achado da Biblioteca Infinita o tema desta breve notícia biográfica.

Assim, ei-lo aqui, Ibn Fahraduc, em seu momento crucial, mas, como foi destacado, ainda como um desconhecido, e numa cidade que lhe era estranha.

76 A biblioteca infinita

Naquela noite, tomado pelo medo e pela fadiga, Ibn Fahraduc conta que resolveu bater na primeira porta que encontrasse. E foi justamente quando distinguiu, por entre as trepadeiras que se derramavam por sobre um muro extenso, um antigo portão de madeira maciça, escura, reforçado com crostas de ferro fundido. Acuado, fosse por seus maus pressentimentos, ou por sombras reais que já preparavam o bote contra ele, esmurrou a porta com toda a força várias vezes, e chamou em voz alta, até que viessem atendê-lo.

Abriu-se uma portinhola e, através dela, Ibn Fahraduc viu parcialmente um rosto oculto por um véu. Era uma jovem. Seus olhos transmitiam um calor terno, que fez Ibn Fahraduc esquecer por instantes as circunstâncias aflitivas em que estava. E, quando soou a voz dela, o viajante anota que imaginou ouvir o canto de alegria e sedução com que as ninfas das estrelas, riscando o céu de faíscas, celebram sua descida, em bando, ao encontro das dunas do deserto.

Ora, ao que se sabe, Ibn Fahraduc conheceu como poucos al-Andalus, mas jamais o deixou. Portanto, nunca viajou às remotas terras árabes. Se carregava, na mente, ou no espírito, o canto de uma chuva de estrelas cadentes sobre o deserto, o teria conhecido somente por poemas compostos pelos nômades, que tinham o céu como teto e o próximo oásis como permanente destino.

Do outro lado da porta, a jovem indagou, com naturalidade:

— O que deseja, forasteiro?

— De quem é essa casa, criatura encantada?

— Do meu amo, o comerciante Samir ibn Rahman.

— E seu amo é um homem generoso?

— Pelo que sei, jamais ninguém nesta cidade alegou o contrário.

Ele indagou:

— Será, então, que abrigaria um pobre viajante, perdido nestas ruas perigosas e escuras, e lhe cederia um lugar seco, onde ele pudesse recolher suas amarguras até o amanhecer?

Fez-se silêncio. A jovem baixou o rosto, reservando para si seus pensamentos. Então, erguendo de novo a fronte, disse:

— Tem certeza de que quer que eu leve seu pedido ao meu amo, forasteiro?

— E por que não, preciosa jovem? Veja a situação em que estou... – estranhou Ibn Fahraduc.

Novo instante de silêncio, do outro lado da porta.

— Que seja, então. Espere aqui. – E fechou a portinhola, afastando-se logo a seguir, em passos rápidos.

Convém comentar um aspecto essencial do relato que se seguirá, baseado no que restou da única obra que Ibn Fahraduc nos deixou, o *Fragmentos Memorialistas*.

Sendo extraído de fragmentos e, mais ainda, como já foi dito, de fragmentos de *Fragmentos*, neste trabalho muitas lacunas foram preenchidas pela tradição, pelo boca a boca de iniciados. Assim como pelo que se pôde intuir que seria um relato contínuo, se o texto tivesse sido redigido desse modo.

Além disso, a fidelidade documental é bastante comprometida pela palavra *Memorialistas*. Ora, a memória turva e às vezes distorce os fatos. Nem mesmo sabemos quanto tempo, depois de decorrido o achado da Biblioteca, Ibn Fahraduc o pôs, ao seu modo, por escrito.

A questão se torna mais problemática quando temos de deduzir do que tratam os livros, a partir somente das menções e comentários que sobreviveram no *Fragmentos*... Em especial, especula-se bastante sobre alguns títulos que ele nomeia, tais como *Registro Autorizado das Visitas dos Navegantes Solares aos Recolhidos Reinos da Penumbra*, *Confidências dos Deuses Demenciados*, *História das Inteligências e Eras Desaparecidas* e *Entendendo as Dimensões Intrusas, Fugazes e Evadidas*, além do inestimável *A Vivência da Morte*. Isso sem contar as fábulas, que tanto o deslumbraram.

No início do ensaio *História da Eternidade*, Jorge Luís Borges anuncia que "o tempo é um problema para nós, um terrível e exigente problema". Em outro trecho, agora de "A biblioteca de Babel", o universo, o infinito e a eternidade são uma mesma *entidade* que, renomeados, passam a poder ser chamados, todos, igualmente, de *biblioteca*.

Ora, alguns contos de Borges implicam se considerar que nosso universo é uma *biblioteca* de possibilidades. E, se o Universo é infinito, *tudo* nele pode existir.

Por exemplo, seria viável um trecho do Cosmos – o que alguns escritores de ficção científica e cientistas atuais, mais ousados, chamam de "universo paralelo", ou simplesmente "outra dimensão" – com uma história da eternidade diferente da nossa. Em que o tempo simplesmente não passasse, não se movesse. Em que Zeus não tivesse triunfado sobre Cronos. Em que o absurdo seria partes do tempo desaparecerem ou serem permanentemente substituídas pelas seguintes.

Portanto... Não. Não há razão para evocar aqui Borges, um autor argentino do século XX, tão afastado do objeto desta limitada biografia, um filósofo andaluz que morreu há quase mil anos.

Não sei por que o fiz.

Neste ensaio, preciso zelar pela concisão. Sem dispersões. Portanto, vou retornar ao que é pertinente, à noite em que Ibn Fahraduc chegou à morada de Samir ibn Rahman.

A escuridão e os ruídos que ecoavam no silêncio da noite já criavam garras, quando a porta, sem aviso, se abriu, e Ibn Fahraduc se viu diante da mesma moça de antes. Ela lhe fez um gesto de cabeça, chamando-o a entrar. Ele podia agora examiná-la sem pressa e com certa avidez. Nem mesmo o véu ocultava sua beleza, e novamente Ibn Fahraduc perdeu a noção da urgência em que se encontrava. Já a jovem mal o olhou. Apressou-se a cerrar a porta e disse:

– Siga-me. Meu amo concordou em lhe conceder hospitalidade.

– Ah, sim!... – exclamou Ibn Fahraduc, estranhando o arrebatamento de suas próprias palavras. – Eu a seguirei como aquele que ama sonha seguir o ser amado!

A isso a jovem não deu resposta. Simplesmente virou-se e, atravessando o jardim por um caminho calçado de lajotas de pedra, dirigiu-se para a entrada da casa. Fahraduc entendeu que deveria ir atrás dela, também em silêncio, e aguardar instruções.

Há aqui um curto salto na narrativa, já que Ibn Fahraduc não considerou necessário descrever mais amiudadamente nem o jardim, nem a parte externa da casa – que deveria ser luxuosa e bastante grande –, nem os ambientes em seu interior, limitando-se a nos informar que "quando se deu conta, havia atravessado vários salões e entrava num pequeno escritório, ao fundo do último deles". É de supor que seu desligamento em relação aos detalhes tenha se devido ao ardor com que seu olhar acompanhava o movimento do corpo da jovem caminhando à sua frente. Seja como for, no centro do escritório, sentado sobre uma almofada, estava um homem já idoso, muito magro, rosto encavado, pele despencada, e com aparência debilitada. Usava roupas e turbante de seda de cores sóbrias, e exibia compridas barbas brancas. Era Samir ibn Rahman, o senhor de toda aquela propriedade.

Samir não ergueu o olhar para a chegada de Ibn Fahraduc. Estava sentado num grande almofadão, curvado, as palmas das mãos abertas à sua frente. Pousado nas mãos, havia um objeto que desprendia intenso brilho. A princípio, Ibn Fahraduc pouco pôde enxergar. A penumbra do escritório contrastava com a luz ofuscante emitida pelo objeto, que Samir admirava com expressão devota. Logo, no entanto, os olhos do visitante se ajustaram ao ambiente e ele observou que, na parede às costas de onde estava sentado o ancião, havia um armário de madeira, bastante simples. Através das treliças de suas portas, se viam alguns rolos de pergaminhos, assim como encadernações – pergaminhos, também, reunidos em forma de livros. Não havia nenhum outro móvel nem utensílio no ambiente.

Em silêncio, a jovem, cujo nome era Mysa, sentou--se sobre as pernas dobradas e ficou parada, olhar baixo, aguardando Samir ibn Rahman tomar a iniciativa de falar. Toda aquela cena começou a perturbar Ibn Fahraduc, sem que ele soubesse o motivo. Até que uma percepção chocante lhe veio à mente: "Ele é cego!", disse a si mesmo.

E era. Samir ibn Rahman jamais enxergara coisa alguma do mundo. No entanto, a maneira como mirava o objeto era tal que parecia ver algo ali, no íntimo daquela misteriosa fonte de luz nas palmas de suas mãos.

Ibn Fahraduc não conseguiu se conter. Mesmo sabendo que, por cortesia, deveria aguardar o convite do anfitrião antes de se aproximar, adiantou-se alguns passos. Nem Mysa nem Samir o repreenderam – foi como se o ignorassem. O visitante pôde então examinar melhor o objeto. Era do tamanho de um ovo de pomba selvagem. Perfeitamente redondo e translúcido. A luz que irradiava vinha de uma minúscula estrela em seu centro, no qual Samir ibn Rahman concentrava seus olhos foscos.

Permaneceram todos imóveis, então, e calados por um longo tempo, até que Ibn Rahman falou, ainda sem levantar a cabeça:

– É a pérola de um dragão... Acredita?

– Na casa do meu anfitrião – murmurou Ibn Fahraduc –, acredito no que ele acreditar.

Ibn Rahman sorriu e finalmente ergueu o rosto para o visitante – e, no instante em que desviou os olhos do objeto, ele se apagou.

— Todo dragão — murmurou Ibn Rahman — tem uma pérola, na qual reside seu poder. Se a tomamos do dragão, ele morre. Esta pérola é portanto um tesouro!

Sua voz era estertorada, como se seus pulmões tivessem mais cavidades do que um formigueiro. Frequentemente, era acometido de dolorosos acessos de tosse.

— Uma pérola de tal tamanho seria sempre um tesouro — disse Ibn Fahraduc. — Ainda mais, tendo pertencido a um dragão...

— E também... porque guarda um tesouro em seu interior... — replicou Ibn Rahman.

— Esse brilho!

— É um portal.

— E aonde se vai por esse portal? — perguntou Ibn Fahraduc.

— Aonde você quiser — foi a resposta do ancião. — Trata-se do primeiro dos portais... Um dos pontos do Cosmos que contém a totalidade, todos os demais pontos.

Ibn Fahraduc demorou alguns instantes refletindo sobre as palavras do ancião, então perguntou:

— O senhor parecia *ver* alguma coisa...

— O que deveria ser impossível para um cego, não é? — disse, em tom irônico, Ibn Rahman. Então buscou ar, quase inutilmente, para preencher o peito arfante, e murmurou, com um rasgo de triunfo no rosto. — Mas, *ali... ali...* eu vejo!

Ibn Fahraduc apresentou-se. Já Samir o escutou com uma expressão de enfado, como se aquela formalidade fosse desnecessária. Mal deixou que o forasteiro concluísse os cumprimentos e agradecesse a hospitalidade recebida para se erguer. A jovem Mysa levantou-se também. Moveu-se rápida até o armário. Do meio dos pergaminhos, retirou um pequeno baú, que apresentou aberto a seu amo. Ibn Rahman depositou a pérola dentro do baú e Mysa fechou-o, indo guardá-lo no mesmo lugar de onde o tirara. Entregou então uma bengala ao idoso, que lhe agradeceu com um aceno de cabeça.

– A mim – disse Ibn Fahraduc, olhando mais para a jovem Mysa do que para o ancião – me disseram que o senhor é um comerciante. Mas, pelo que vejo, é mais do que isso.

Ibn Rahman sorriu de novo e, apoiando os passos lentos na bengala, levou seu hóspede a um salão contíguo. Lá, havia uma mesa posta, com fartura de pratos: carnes, pastelaria, arroz de vários tipos, doces, frutas e uma jarra de água com mel, perfumada com o sumo de pétalas de rosas.

O dono da casa, durante a refeição, conduziu a conversa para as leituras que ele e Ibn Fahraduc poderiam ter em comum. Descobriram, por exemplo, que ambos amavam novelas sobre cavaleiros andarilhos, heróis sem lar, sem pátria, que, seguindo estrito código de honra, percorriam as terras em busca de proezas diversas, como combater magos e horrendos gigantes, e a praticar o bem. Era assim que conferiam glória a suas cores, a suas amadas, a seus escudos e espadas. Riram-se desse inocente passatempo. Brindaram a cada um de seus autores e novelas prediletos. No final, conversavam como amigos de muitos anos.

— Mysa é meus olhos – disse Ibn Rahman. – Ela lê em voz alta para mim. E depois discutimos. Tornou-se assim minha discípula.

— Sabia que a beleza que ela emitia por trás do véu – disse Ibn Fahraduc – não vinha somente das suas feições.

O comentário encheu Ibn Rahman de satisfação.

— Admiro um homem sensível – ele disse.

— E eu admiro um homem que não se curva à adversidade.

— É um comentário corajoso – replicou Ibn Rahman. – Muitos preferiram fingir não notar o que é mais do que evidente.

— Peço desculpas se fui novamente indiscreto.

— Não. Sou cego, é um fato, e você me fez um elogio. Eu agradeço.

Por todo o tempo, Mysa esteve sentada entre os dois, e comeu e bebeu com eles. Ao final, se pôs de pé, e Ibn Rahman lhe disse:

Leve nosso hóspede para os aposentos que lhe reservamos. Amanhã, quando ele acordar, caso se sinta disposto, tornaremos a conversar sobre o portal, a pérola, o dragão... Sobre o que ele quiser.

E novamente nosso narrador deixa aqui uma lacuna. Provavelmente porque nada de mais aconteceu e não achou os sonhos da noite relevantes.

No fragmento seguinte, o encontramos de volta ao pequeno escritório, sentado diante de Ibn Rahman. Estavam apenas os dois dessa vez. Frente a frente. O ancião sustinha a pérola nas palmas de suas mãos, feitas em concha, e no fundo dela brilhava a mesma estrela diminuta de antes.

– Como funciona? – indagou Ibn Fahraduc com certo temor. – Faço um pedido e o brilho me transporta?

– Você já acredita em dragões? – devolveu Ibn Rahman. – E que essa é a pérola de um dragão, que guarda o poder milenar da fera? E que este portal veio se instalar dentro da pedra para fugir aos olhos do mundo...? E que por isso, para não enlouquecer mais nenhum mortal com a vertigem da onipresença, foi confiado a um cego?

– É necessário... *acreditar*? – perguntou Ibn Fahraduc.

O ancião soltou uma gargalhada. E foi a última coisa que Ibn Fahraduc escutou, assim como o rosto encarquilhado do seu anfitrião, crispando-se ainda mais por força do riso, foi a última coisa que viu neste mundo, antes de iniciar sua jornada.

Já o fragmento seguinte é o que, na condição de editor e intermediário deste relato, utilizei como sua epígrafe. Transcrevo-o outra vez: Febrilmente, percorri com os dedos as lombadas nas prateleiras da pequena biblioteca como se fossem a incrustação viva na rocha do metal mais precioso. Era um Veio de Livros.

Eis o mistério...

Ibn Fahraduc conta que se viu numa imensa caverna. Inicialmente, parecia que nada havia ali, e que ele viera dar numa cela de rocha, provavelmente condenado pela maligna magia de um *djin* – sim, já começava a acreditar que Ibn Rahman, seu anfitrião, era um gênio perverso –, que o aprisionara exclusivamente pelo prazer de observar, de algum lugar, seu sofrimento... e sua morte.

Tudo isso se depreende dos *Fragmentos...*, que estão, neste trecho, um tanto desordenados, escritos com a pressa de quem receia que as lembranças fujam ou desapareçam sem aviso.

Não havia saídas. Nem nada além de pedra, à sua volta, sufocando-o. A claridade vinha de alguns ninhos de cris-

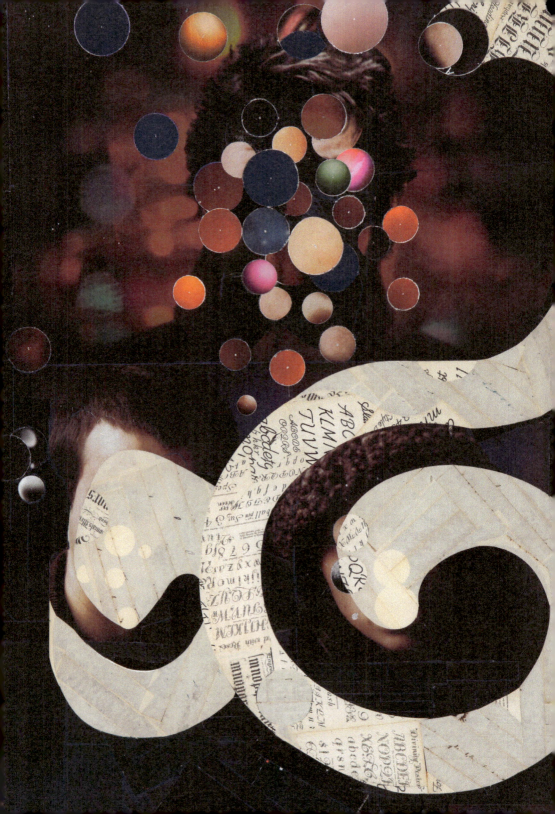

tais, que projetavam aleatórios fachos de luz através do ambiente. Um ninho de cristal refletia o outro, devolvia-lhe o brilho, assim sucessivamente, sem que a luz, embora escassa, esmaecesse. No entanto, mal Ibn Fahraduc habituou os olhos, uma surpresa o esperava.

E foi essa sua primeira visão da biblioteca.

Era de fato uma pequena estante com encadernações de pergaminhos, em couro de cabra. Ibn Fahraduc sentiu um arrepio ao vislumbrá-los. E se aproximou deles, enquanto as pernas e os braços – e na verdade, todos os músculos do corpo – tremiam. Como se aqueles livros fossem fantasmas. Sentiu a testa e os lábios arderem, de uma febre forte, e pontadas na nuca, nas têmporas, fagulhas no peito. E mesmo assim precisava tocá-los. Algo lhe dizia que não devia fazê-lo, que seria como tocar algo do outro lado da vida. Mas não conseguiu deter os seus passos, seu braço se erguendo, seus dedos alisando então as lombadas. E lágrimas escorreram pelas suas faces, quando, de alguma maneira, seu tato encontrou a aspereza do couro daqueles volumes como algo que ele buscava, havia tempos, sem saber. Algo que reconheceu sem jamais ter conhecido.

"Examinei os títulos", nos conta o predestinado. "De alguns, jamais escutara falar. Outros, já ouvira serem mencionados, mas sempre duvidara que existissem. De outros, ainda, nos tempos em que trabalhei em Córdoba, obtivemos informações, embora vagas, a respeito de sua possível localização. O vizir gastara somas fabulosas enviando emissários a todas as partes do mundo com a missão de obtê-los. Tudo em vão, jamais foram encontrados. Enfim, logo me dei conta de que a reunião daqueles volumes numa única biblioteca era um prodígio".

Ibn Fahraduc demorou algum tempo para se acalmar o bastante, até puxar um dos volumes e sentar-se, abri-lo e começar a ler. Leu por horas, horas e horas, até que o cansaço o venceu e ele adormeceu.

Acordou em seu quarto, na casa de Ibn Rahman. Ao lado da sua cama, havia uma mesa com um farto desjejum, uma bacia de prata com água e todo o necessário para a sua higiene matinal. Ele se lavou, comeu, depois deixou o quarto, dirigindo-se logo para o pequeno escritório do dono da casa. Não encontrou ninguém pelo caminho. A porta do escritório estava aberta. Sobre a almofada, estava o baú e, dentro deste, a pérola do dragão.

Ibn Fahraduc sentou-se com as pernas cruzadas na almofada, tomou a pérola na palma das mãos, e imediatamente a estrela no interior dela se acendeu.

A cada livro que Ibn Fahraduc concluía, era tomado do ímpeto de reler todos os anteriores sob o novo olhar que a leitura daquele volume o dotara. Na verdade, isso às vezes acontecia por força de uma única frase, e ele retornava ao início do volume, de novo e de novo, para conferir o significado das palavras se alterando, como miragens no deserto. Sentia incessante compulsão de relê-los, e era sempre como se lesse algo diferente do que lera antes.

Quanto tempo se passou? Ibn Fahraduc não tem certeza: "Teriam sido mil e uma noites?", indagava-se, querendo dizer incontáveis noites, um número infinito de noites. Décadas, quem sabe? Chorou, algumas vezes, de solidão, de frustração dos desejos, de saudade... Mas, na maior parte do tempo, relia, ou melhor, lia, lia, lia...

E no entanto, certo dia, no que se viu na caverna, diante da estante, quedou-se, imóvel. Não retirou nenhum volume das prateleiras dessa vez. Apenas os ficou olhando, interminavelmente, pensando consigo mesmo que seria a última vez que os via. E não porque estivesse saciado deles. Mesmo assim, estava decidido a deixá-los – e não nos diz por que nem se houve uma razão definida. Trata-se de mais um mistério, mais uma lacuna insanável na sua biografia. E lhe vieram lágrimas. Mansas e ardentes.

Na manhã seguinte, acordou, e tudo foi diferente. Mysa surgiu de novo, trazendo pessoalmente seu desjejum e os utensílios para que ele se lavasse.

Para seu espanto, porém, constatou que a jovem tinha a mesma aparência da primeira noite. Sob o véu, seu rosto insinuava o mesmo frescor, a mesma juventude. Correu a se mirar na água da bacia. E nada em seu reflexo indicava que o tempo havia fluído através das suas células. Era exatamente o mesmo homem que entrara na casa de Ibn Rahman, como se não mais de um amanhecer tivesse baixado sobre a terra, desde então...

– Foi um sonho? – perguntou, com voz trêmula.

Mysa sorriu, mas não disse nenhuma palavra. E ele adivinhou que jamais escutaria outra vez aquela voz que lhe lembrara um milagre que nunca presenciara, o canto com que as ninfas estelares comemoram sua festiva descida à terra.

Depois do desjejum, Mysa o levou ao pequeno escritório para dizer adeus a Ibn Rahman, que se recusou a responder a suas perguntas e, principalmente, a lhe mostrar novamente a pérola cujo coração era uma estrela. O ancião parecia bastante enfraquecido e, depois de um brutal acesso de tosse, encerrou a conversa com um gesto, largando-se prostrado sobre as almofadas.

Mysa conduziu Ibn Fahraduc para a porta da casa. Deu-lhe uma bolsa com algumas moedas de cobre e umas poucas de prata, um odre de água e uma sacola com pão e tâmaras, e despediu-o com um aceno.

Era dia. O dia seguinte. Um dia inserido no tempo. Mesmo que o homem que o percorria, ainda sob êxtase e assombro, se sentisse deslocado de tudo a sua volta. No entanto, ainda brevemente, ele relata que não teve dificuldade alguma para sair do labirinto de ruelas. "Caminhei sem me dar conta", escreve ele, "e fiz todo o percurso tão absorto que duvido que, caso retorne à cidade, possa novamente encontrar a casa de Samir ibn Rahman. Lamento isso imensamente."

Com efeito, nenhum outro vivente jamais alegou ter visitado a Biblioteca Infinita. Ibn Fahraduc admitiria que por vezes duvidava da sua própria história, do que tinha a contar sobre o que lhe acontecera na casa de Samir ibn Rahman. De ter conhecido de fato Mysa, a estrela que descera do céu para encantá-lo. De ter passado anos e anos dedicados a reler infinitas vezes os volumes de uma pequena biblioteca. "Há ocasiões em que me sinto como uma cópia malfeita de Sherazade", diz um de seus fragmentos. "E me pergunto se, relevante aqui, não é se o caso tenha ou não ocorrido, mas, se este relato, que sairia com mais propriedade dos lábios da princesa persa, a Senhora de todas as histórias, para aplacar a fúria recalcada de um sultão, na minha boca, tão menos talentosa para a invenção, pode reivindicar pertencer a um mundo diferente, àquele que chamam de realidade. Não sei a resposta a esta pergunta, nem se cabe tentar respondê-la."

É exagero atribuir-lhe o papel de precursor da imaginação virtual, mas haverá sempre os que serão capazes de reconhecer, nas tendências mais radicais do pensamento contemporâneo, vestígios das provocações do filósofo errante. E, com efeito, muitos dos desafios que lançou ao senso comum, a nossa maneira mais óbvia de lidar com os fenômenos do mundo, partiriam implicitamente da formulação tão típica dele: "Suponha que nada exista e que somente exista o nada. Então...".

Apesar de algumas contradições nos relatos de seus discípulos, estima-se que Ibn Fahraduc tenha morrido com cerca de sessenta e oito anos, em meio a uma de suas solitárias andanças, em lugar ignorado da Andaluzia. É leal com o leitor que se registre aqui, embora eu rejeite essas opiniões, que há quem duvide da existência de Ibn Fahraduc e também quem o considere um mero fabulista. Como há os que afirmam que, realizando seu maior desejo, conseguiu retornar, nos últimos anos de sua vida, à *Biblioteca Infinita*, e lá, lendo e relendo seus mais amados livros, faleceu. Sobre isso, entretanto, nada está comprovado.

Luiz Antonio Aguiar

Tem extensa obra, dedicada principalmente a crianças e jovens leitores. Ganhou prêmios no Brasil e no exterior e tem livros traduzidos em vários países. Mestre em Literatura Brasileira, professor de Literatura em cursos especiais para professores (de turmas e de sala de leitura), percorre o Brasil falando em eventos literários e colégios, para a garotada e público em geral, sobre literatura, leitura e atualidades. Seu prêmio mais recente é o Jabuti 2013, pelo romance histórico, com muita aventura e suspense, *Os Anjos Contam Histórias*, editado pela Melhoramentos.

Furor de Borges – Breve notícia biográfica

Mesmo uma breve biografia de Borges, como tudo o que se escreve sobre esse autor, oscila entre a vivência física e a ficção. Não porque as duas se confundam, na obra de Borges, mas porque compõem um contraste dos mais intrigantes.

Sobre o homem, pode-se falar de suas relações amorosas enigmáticas, como se perambulasse pelo mundo em busca de uma eleita para ser seu amor impossível – sua *Dulcineia*, que um de seus ídolos literários, *D. Quixote*, elegeu como a dama a quem dedicaria, sempre platonicamente, suas proezas – no caso de Borges, seus escritos. Pode-se também mencionar que era um homem que expressava ideias políticas em geral conservadoras, apesar de criar uma literatura rebelde, revolucionária. Que havia uma docilidade na sua figura e presença, as quais não se encontravam nem no seu alter ego, o Borges que aparece nos seus contos, nem nos demais protagonistas que criou. Que amava perenemente sua Buenos Aires, embora tenha preferido a Suíça, de sua adolescência e princípio de juventude, para ser o local de seu último descanso. Que para frustração de muitos, inclusive dele próprio, jamais ganhou um Nobel de Literatura, embora tivesse se tornado um ícone da Literatura do século XX.

Nascido numa família de classe média alta, em 1899, em Buenos Aires, Jorge Luís Borges passou os seus anos de formação na Europa. De fato, tornou-se fluente em diversos idiomas e um tradutor importante (que acreditava pouco na fidelidade, ou mesmo na possibilidade de uma *tradução*). Seu primeiro livro, publicado em 1923, foi *Furor em Buenos Aires*. E sempre declarou, sinceramente ou não, acreditar que nessa coletânea de poemas estivesse tudo o que mais tarde conteria sua obra.

Era ávido leitor. Entre seus livros favoritos, além de *D. Quixote* e *As 1001 Noites*, há *A Ilha do Tesouro*, de Robert Louis Stevenson, os clássicos de modo geral, e novelas policiais – gênero que cooptou e cultivou, até por divertimento. De fato, lia de tudo, e é uma das razões por que seu nome está sempre associado a bibliotecas.

Aos poucos foi perdendo a visão e, para continuar usufruindo da literatura, sua mãe, Leonor, lia para ele. A mãe seria um personagem fortíssimo na vida de Borges. Quando ela morreu, Borges adotou vários *ledores*, alguns dos quais se tornaram eles próprios personalidades literárias, como Alberto Manguel.

Com a morte do pai, em 1938, e o empobrecimento da família, teve de trabalhar pela primeira vez na vida. Empregou-se como bibliotecário. Sua explícita oposição a Juan Domingos Perón, que chegou à presidência da Argentina na década de 1940 e ficou cerca de dez anos no poder, lhe rendeu algumas perseguições.

Era admirado no fechado círculo literário argentino – tinha entre seus amigos nomes famosos da intelectualidade e literatura do país, como Adolfo Bioy Casares. Além disso, sua paixão por Buenos Aires o tornou um andarilho compulsivo, que percorria, principalmente à noite, todos os recantos da cidade. Até hoje, como folclore da cultura portenha, se costuma dizer que a *sombra* de Borges paira pelas ruas de Buenos Aires.

Além do reconhecimento da comunidade literária e de uma população mundial de admiradores, ganhou prêmios expressivos, como o Miguel de Cervantes, em 1980, o mais importante concedido à literatura em língua espanhola.

Morreu em Genebra, na Suíça, em 1986, onde, atendendo ao seu pedido, foi sepultado. Sua segunda esposa, Maria Kodama, é a gestora de sua obra.

Alguns livros de Borges

Obras Completas, V1. 1923 – 1949. Editora Globo, São Paulo, 1999.
Obras Completas, V2. 1952 – 1972. Editora Globo, São Paulo, 1999.
Obras Completas, V3. 1975 – 1985. Editora Globo, São Paulo, 1999.
Obras Completas, V4. 1975 – 1988. Editora Globo, São Paulo, 1999.

Sugestões de temas para aprofundamento, pesquisa e discussão

No conto "Aproximação a Borges", João Carrascoza apresenta todo um fragmento dedicado a "Tirésias", personagem da mitologia grega. O adivinho Tirésias participa da tragédia *Édipo Rei*, de Sófocles, e da aventura de Odisseu/Ulisses, em *Odisseia*, de Homero. Que tal pesquisar sobre essas referências e aumentar seu conhecimento sobre um dos universos favoritos de Jorge Luís Borges?

As relações entre *ficção* e *verdade* são bastante instáveis em Borges e também nestes contos que o lembram. Há na leitura deste livro material suficiente para você discutir essa questão. Borges escreveu criando *realidades* em que as possibilidades cotidianas são divergentes das nossas, como também *forjou* literariamente pessoas, obras e seres, mas ironicamente dando a essa criação a forma de referências reais. É um dos centros de "Booooooorges", de Leo Cunha. Que efeito provoca em você essa *manobra* ficcional?

José Eduardo Agualusa é uma personalidade contemporânea da comunidade literária lusófona – dos diversos povos que falam português espalhados pelo mundo. Que tal descobrir mais sobre essas culturas e lugares?

E aproveite para fazer uma pesquisa sobre a vida e a obra de cada um dos autores deste livro.

As imagens do ilustrador Salmo Dansa dialogam livremente com a temática destes contos e com a própria obra de Borges. Que comentários você teria sobre esse diálogo?

Se experimentasse extrair as ilustrações, para você, elas contariam por si só uma história? Seriam uma narrativa autônoma?

Na Apresentação deste livro menciona-se a importância da *liberdade de criação* e da *autonomia literária*, em oposição a cerceamentos e encargos que são impostos às vezes à literatura. Esses temas motivam você? Como você se posiciona nessa discussão?

"A Biblioteca Infinita", de Luiz Antonio Aguiar, evoca o reino das histórias árabes, de *As 1001 Noites*, uma das leituras prediletas de Borges. O que você sabe sobre essa coletânea de lendas, algumas das quais tão antigas quanto os nômades dos desertos e os contadores de histórias dos mercados a céu aberto do Oriente Médio?

"A sombra da mangueira" relaciona-se com a maneira como a obra de Borges se intrigava com o tempo, com o fluir do tempo, com a eternidade. Que efeito esse tema tem em você?

Finalmente, uma recomendação... Se ainda não leu, leia Borges. Você vai encontrar no autor argentino essa surpreendente mistura de beleza e enigma que o torna tão presente em boa parte da literatura ocidental contemporânea.

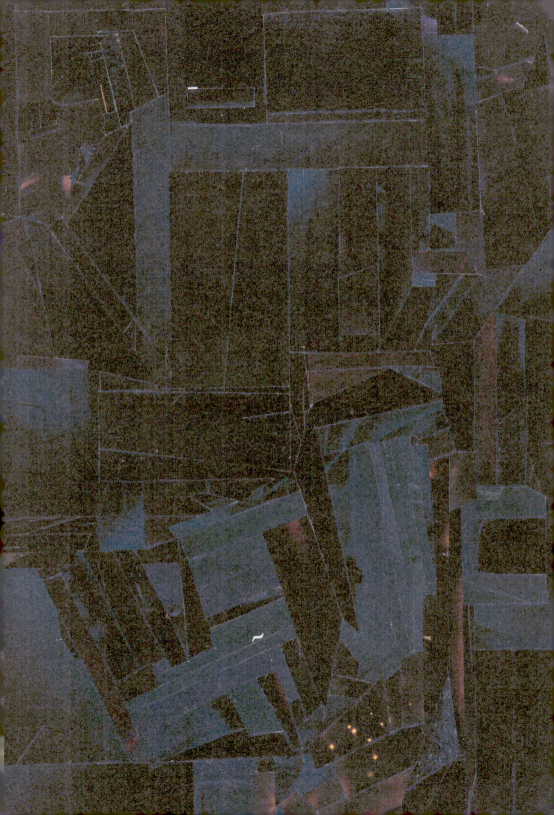